LES
DIVERS EMPLACEMENTS

OCCUPÉS PAR

LE CHANGE

ET

LA BOURSE

DES VALEURS MOBILIÈRES

A PARIS

PAR

L. BERGER

Ancien Secrétaire général

DE LA COMPAGNIE DES AGENTS DE CHANGE DE PARIS

PARIS

IMPRIMERIE E. ROSSLER

42, RUE DE BOURGOGNE

1895

8° Z
LE SENNE
1.11.65

LES

DIVERS EMPLACEMENTS

OCCUPÉS PAR

LE CHANGE

ET

LA BOURSE

DES VALEURS MOBILIÈRES

A PARIS

PAR

L. BERGER

Ancien Secrétaire général

DE LA COMPAGNIE DES AGENTS DE CHANGE DE PARIS

BIBLIOTHÈQUE NATIONALE · FONDS · IMPRIMÉ · 1907

PARIS

IMPRIMERIE E. ROSSLER

42, RUE DE BOURGOGNE

1895

LES DIVERS EMPLACEMENTS

OCCUPÉS PAR

LE CHANGE ET LA BOURSE

DES VALEURS MOBILIÈRES

A PARIS

C'est seulement pendant le siècle actuel que la ville de Paris a offert à la négociation des valeurs mobilières un palais qui lui fût exclusivement consacré. Si, jusque-là, le public et ses intermédiaires ont été parfois abrités dans une galerie, un hangar ou même une église, le plus souvent les opérations de change ou de bourse se sont traitées dans la rue, dans une cour ou sur une place publique.

Dans l'antiquité, les marchands, commerçants et spéculateurs, avaient aussi des lieux de réunion : c'étaient l'*Emporium*, à Athènes ; à Rome, les *Tavernæ* des *Argentarii* et le *Collegium Mercatorum* (1). En France, les lieux où se tenaient les

---

(1) Cet édifice s'élevait près de l'endroit où l'on voit aujourd'hui l'église Saint-Georges *in velabro* et *l'arc des Orfèvres*, que les changeurs et les marchands du Forum Boarium érigèrent en l'honneur de Septime-Sévère, de sa femme et de ses fils.

assemblées furent dénommés *change* ou *place du Change*, à Lyon et à Paris ; *loge du change* ou *des marchands*, à Marseille ; *convention*, à Rouen : en divers lieux, *estrade* (1), et enfin *Bourse* (2).

On trouve dans les anciennes ordonnances des dispositions concernant, d'une part, les changeurs, marchands de monnaie et de matières d'or et d'argent, et, de l'autre, les courretiers, c'est-à-dire les intermédiaires des négociations de change et de matières métalliques ; il est indispensable de bien préciser la distinction qu'il convient d'établir entre ces deux corporations.

En 1141, Louis VII (*Lettres de chartre données*

---

(1) D'après MM. *Lyon-Caen* et *Renault*, le mot *convention* servait plus particulièrement à désigner la réunion des commerçants, tandis que l'on appelait *estrade* ou *place du Change* le local où avait lieu cette réunion.

(2) Quelques étymologistes font dériver le mot *Bourse* du mot grec βύρσα, qui veut dire *cuir*, les cuirs étant l'une des marchandises sur lesquelles s'exerçaient principalement les transactions, ainsi qu'en témoignent d'anciens édits. (V. notamment ceux de juin 1572 et du 17 mai 1598) ; mais, suivant l'opinion la plus généralement adoptée, le mot *Bourse* vient de la ville de Bruges, où le change se tenait sur une place au bout de laquelle s'élevait un grand hôtel, bâti par un seigneur van der Burse, dont les armoiries *(3 bourses)* étaient sculptées sur le couronnement du portail. De cette ville, qui était autrefois la plus fameuse pour le trafic et le commerce (son papier avait cours dans l'univers entier, et Bruges avait un règlement pour la Bourse qui a servi de modèle aux autres places), les marchands ont transporté ce nom de Bourse aux places d'Amsterdam, d'Anvers, etc.

à *Fontainebleau la 5ᵉ année de son règne)* établit les changeurs sur le *Grand-Pont*, qui s'appela successivement *Pont de la Marchandise*, au *Changeur*, et enfin au *Change*.

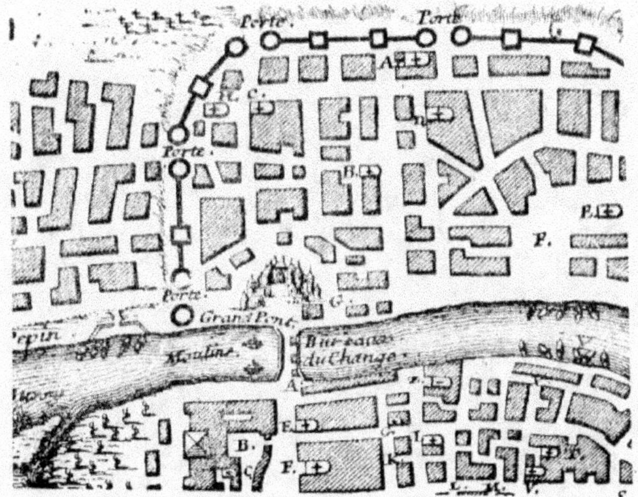

Il était expressément défendu de faire du change en d'autres lieux ; les changeurs (1) se tenaient dans des boutiques ou *fenestræ* qui

---

(1) Une ordonnance du 13 juillet 1305 établit 14 changes royaux, avec droit exclusif de changer les monnaies et les matières d'or et d'argent : Une autre du 27 août 1348 interdit le change à ceux qui n'étaient pas reçus. Un édit d'août 1555 limita le nombre des changeurs publics en chaque ville du royaume, celle de Lyon exceptée, et les érigea en offices.

se trouvaient au rez-de-chaussée des maisons dont le pont était couvert des deux côtés ; mais ils n'occupaient que l'un des côtés du pont, l'autre étant réservé aux orfèvres. Ces maisons étaient du Domaine, et les rois de France en louaient les boutiques aux changeurs 20 sols par an (1). Ils n'avaient garde, en effet, de négliger aucune source de revenus, si minime qu'elle fût. En 1358, le régent Charles de France donna les changes et les forges du Grand-Pont moyennant 10 livres de rente viagère et une somme d'argent comptant, pour subvenir aux grands besoins créés par la captivité du roi, son père, en Angleterre.

De l'autre côté du Grand-Pont étaient installés les orfèvres, et ce voisinage n'entretenait pas la bonne intelligence entre les deux corporations : ainsi, en 1332, un arrêt du Parlement approuve le Prévôt de Paris d'avoir fait ôter du Grand-Pont, sur les instances des changeurs, les tapis des orfèvres ; leur expulsion ne fut pas d'ailleurs de longue durée. Plus tard, les changeurs furent chassés à leur tour, mais pour être réintégrés à bref délai. La corporation des changeurs traversa souvent des époques critiques. La révocation de la Pragmatique sanction avait fait sortir du

---

(1) Ces maisons furent quelquefois vendues à vie ou à certain temps. On trouve même dans le Trésor des Chartres (reg. 86, pièce 447), une vente générale de toutes les maisons de ce Pont.

royaume une telle quantité d'or qu'il n'y restait plus que de la monnaie. Elle avait, par suite, causé la ruine des changeurs, qui furent momentanément remplacés sur le pont par les chapeliers et faiseurs de poupées. (Voir les *Remontrances du Parlement au roy contre la cassation de la Pragmatique sanction,* en 1465.) En 1514, ne pouvant faire les frais des robes de soie nécessaires pour porter le dais à l'entrée de la jeune reine Marie d'Angleterre, la corporation des changeurs se fit remplacer par celle des bonnetiers ; on ne l'avait pas vue davantage figurer à l'entrée d'Anne de Bretagne, en janvier 1501, et si, au mois de février de la même année, elle est mentionnée parmi les corps portant le poële à l'entrée du Cardinal d'Amboise, elle ne venait qu'après les drapiers et les épiciers. Toutefois, en 1618, il y avait encore des changeurs d'un côté du pont, dans 54 changes, et des orfèvres vis-à-vis dans 50 forges.

C'est à l'extrémité nord du Grand-Pont, du côté de la Grève, entre la grande arche et l'église Saint-Leufroy (1), que, d'après l'ordonnance de Philippe-le-Bel, de février 1304, se tint *le change,* c'est-à-dire le marché où se traitaient les négo-

---

(1) Cette église, ou plutôt cette chapelle, qui appartenait au chapitre de Saint-Germain-l'Auxerrois, s'élevait, à peu près, sur l'emplacement où se trouve aujourd'hui la fontaine du Palmier. Elle fut démolie en 1684, autant à cause de sa vétusté que pour permettre d'agrandir les bâtiments et les prisons du Grand-Châtelet. *(Abbé Lebeuf, Histoire du diocèse de Paris).*

ciations. Les réunions étaient interdites partout ailleurs, sous peine de confiscation des marchandises échangées. C'est là que les courretiers opéraient, allant des changeurs aux clients, les mettant en rapport et percevant sur chaque affaire qu'ils faisaient conclure un salaire appelé courretage ou courratage. Un vieil auteur, Nicot, explique ainsi l'origine du mot courretier : *pour ce que,* dit-il, *telles gens courent tantôt à l'une des parties, tantôt à l'autre pour moyenner* (1). Les courretiers furent dénommés agents de banque et de change par l'ordonnance de 1639, et agents de change et banque par un édit de février 1645 (2).

C'est dans les ordonnances du xiv° siècle que l'on trouve les premières dispositions relatives aux attributions des courretiers : *que nuls ne puist user de courretage, sans le congié du mestre du*

---

(1) C'est en ce sens que tous les anciens auteurs ont pris le mot courretier : *ab intercurrendo,* a dit Saumaise. Les courretiers n'étaient, en effet, rien autre chose que des intermédiaires : à Rome, on les appelait *Proxenetæ,* c'est-à-dire entremetteurs. Au XVI° siècle, on disait encore : *Proxenettes couratiers et autres commis à vendre marchandises à eux baillées* (Coust. gén. t. 1, p. 899). Littré a donné au mot courretier une étymologie plus noble ; il le fait dériver de *curare, curator,* qui prend soin ; mais les exemples cités dans son dictionnaire condamnent cette opinion.

On disait également courratier, couratier, corretier, coretier, couletier, curatier, curtier, courtier.

(2) *V. pour les ordonnances, édits et arrêts cités dans ce travail le Manuel des Agents de change près la Bourse de Paris (Arthur Rousseau, éditeur, 1893).*

*mestier et de son conseil dou lieu, ou de la justice,
se mestre n'y avait et jusques à tant que devant
le mestre, ou la justice, il aura fait le serment
que faire doivent et devront courratiers* (Ordonnance de janvier 1312). *Ceux qui avaient été
estimez et eslus souffisans par les maistres et
gardes et les bonnes gens du mestier* étaient présentés au Prévôt de Paris, lequel leur faisait jurer
qu'ils feront l'office de courretier bien et loyaument (Ordonnance de février 1321). Ils ne pouvaient être marchands des denrées dont ils étaient
courretiers. Il leur était défendu de faire de *faux
contrats*, ou de *mauvais marchés,* sous peine
d'être à jamais exclus de la courreterie.

Par contre, il était interdit aux marchands de
s'occuper de courretage. C'étaient donc des
espèces d'offices qui avaient été constitués au
profit des courretiers, bien que ce titre ne semble
résulter pour eux que de l'ordonnance de 1572, et
il ne serait peut-être pas téméraire de penser que
ceux qui voulaient exercer ce métier durent, au
moins dès le règne de Louis XII, acquitter une
contribution pour prix de leur investiture. Ce roi
vertueux est, en effet, considéré comme l'inventeur de la vénalité des charges de finance. Il ne
tarda pas, il est vrai, à se repentir de cette faute
à laquelle il avait été conduit par la nécessité et
par les embarras financiers que lui avait légués
son prédécesseur Charles VIII. Par ses ordonnances de 1498 et de 1508, il révoqua les dispositions prises à cet égard.

François Ier, moins scrupuleux, créa le bureau des *parties casuelles* destiné à vendre tous les offices, même ceux de judicature.

Le Pont au Change n'avait primitivement qu'une sortie vers le Châtelet, ainsi qu'on l'a vu plus haut sur le plan de Paris, sous Louis-le-Jeune. Un incendie l'ayant détruit le 24 octobre 1621 (il était en bois), en même temps que le Pont Marchand (1), il fut reconstruit en pierre et couronné de belles maisons uniformes (1647), et l'on emprunta l'entrée du Pont Marchand, supprimé, pour lui donner une seconde issue sur la rue Trop-va-qui-Dure, laquelle faisait communiquer la Vallée de Misère (quai de la Mégisserie) avec la rue de Gèvres. La nouvelle rue était séparée de la première par un groupe triangulaire de

(1) Ce pont avait porté successivement les noms de

maisons dénommé *pointe du Pont au Change*. L'élargissement du pont, à l'endroit où s'ouvraient les deux rues, ménagea une place sur laquelle s'établirent les négociations du change, et qui prit le nom de *place du Change* (1).

Le pan coupé de la pointe du Pont au Change correspondant au milieu de la voûte du pont était décoré d'un groupe de trois statues en bronze de Simon Guillain (1581-1658) représentant Louis XIII, Anne d'Autriche et le jeune Louis XIV, âgé d'environ 10 ans, et couronné par la Victoire. Au-dessous, était un bas-relief avec deux esclaves.

Pont aux Colombes, aux Meuniers, aux Oiseaux (il figure sur certains plans de Paris, sous la désignation certainement erronée de *Pont aux Marchands*), et n'était pas éloigné de plus de 5 toises du Pont au Change : c'est ce qui explique que le même incendie les ait détruits. De fréquentes et terribles inondations les ravageaient également et, en ce qui concerne le Grand-Pont, celles de 1196, 1281, 1296, 1325, 1407, etc. avaient dû singulièrement troubler le commerce des changeurs et des orfèvres.

(1) Une estampe du musée Carnavalet représente *la Mode triomphante en la place du Change*. Au bas, sont neuf quatrains galants dont le premier seul fait allusion au lieu où se passe la scène :

LA MODE AUX PASSANTS

Vous qui me regardez, ne trouvez pas estrange
De me voir sur ce pont garny de tous costez,
J'aime le changement et les diversitez ;
C'est ce qui m'a fait mettre en la place du change.

PLACE DU CHANGE

Ce monument fut détruit en 1786, et les statues furent transportées, d'abord au Musée des monuments français, puis dans une des salles de la sculpture moderne, au Louvre.

A une époque qu'il est très difficile de préciser, le change passa le pont, et tint ses assises au palais de Justice, dans la cour du Palais, anciennement

la cour le Roy, et plus tard cour du May, du Mai
ou de Mai (1).

COUR DU MAI AU PALAIS DE JUSTICE

(1) Cette dénomination venait de ce que, chaque année,
au mois de mai, les clercs de la Basoche se rendaient dans
les forêts de Bondy ou de Livry, et se faisaient livrer, par
les officiers des eaux et forêts, deux arbres à leur choix, qui
étaient voiturés à Paris, au bruit des tambours et au son
des fanfares ; le plus vivace des deux était planté dans la
cour du Palais, à droite de la montée, entre elle et l'entrée
de la Conciergerie. Les basochiens, dit Miraulmont, ont
le soin et sont tenus faire abattre le grand May du Palais,
et le faire replanter par chacun an, à la manière accous-
tumée, le dernier samedy de may, auquel ils doivent faire
mettre une houppe et leurs armoiries (primitivement une
écritoire sur champ fleurdelisé, surmontée d'un casque et
d'un morion, en signe de royauté, et, après la suppression
de la royauté de la Basoche, d'azur à trois écritoires d'or,
avec deux anges pour supports), et faire le cry ordinaire,
sorte de proclamation en vers faite au nom de la basoche.

Le marché se tenait modestement en plein air, à droite du grand escalier du palais, dans le coin voisin de la Conciergerie et aussi dans la galerie voûtée qui reliait de biais la Conciergerie à la cour du Mai, et dans laquelle était le bureau du clerc chargé de répondre pour les agents de change, dont les assemblées n'avaient lieu qu'une fois par mois, le mardi. Ce bureau ne suivit pas la Bourse dans toutes ses pérégrinations; d'après l'almanach royal, il continua à avoir son siège dans la cour du Mai jusqu'en 1791, époque à laquelle il fut transporté rue Vivienne.

L'ouverture de la Bourse avait lieu au moment de la levée des audiences de la Cour, c'est-à-dire vers midi 1/2. Les magistrats ayant trouvé ce voisinage gênant, on aménagea, pour la tenue de la Bourse, le parc Royal près la Bastille (1); mais cet endroit fut jugé beaucoup trop éloigné, et les marchands continuèrent à se réunir dans la cour du Mai. Cependant peu à peu le centre des affaires

----

(1) C'était tout ce qui restait des jardins du palais des Tournelles, qui s'élevait vers l'endroit où se trouve aujourd'hui la place Royale, et que les rois de France avaient habité, depuis Charles VII jusqu'à Henri II. C'est là que ce dernier roi fut tué dans un tournoi contre Montgommery. Catherine de Médicis ne se contenta pas de venger sa mort en poursuivant Montgommery, elle condamna le palais des Tournelles et obtint du roi Charles IX sa démolition. Il y avait autrefois dans ce quartier deux rues du Parc-Royal : l'une d'elles donnant sur la place Royale a pris le nom de rue de Béarn; l'autre a conservé celui de Parc-Royal.

tendait à se déplacer, et cette cour, fort incommode du reste par son peu d'étendue, son obscurité et l'embarras créé par les carrosses qui en occupaient tous les environs (*Savary, dictionnaire universel de commerce*), était presque abandonnée lorsque l'on commença à spéculer sur les actions de la Compagnie des Indes.

Une rue noire et étroite, située entre les rues Saint-Denis et Saint-Martin, la fameuse rue Quincampoix (1), devint le théâtre d'un agiotage inconnu jusque là, et auquel prirent part toutes les classes de la société. On y vit des fortunes faites et défaites en un jour. L'argent s'y prêtait à l'heure. Les maisons de 600 fr. se louèrent jusqu'à 100,000 fr.; mais c'est surtout dans la rue que se traitaient les opérations. Le scandale devint bientôt si grand que des ordonnances des 22 et 28 mars 1720 défendirent de s'assembler en ce lieu, ainsi que dans les cafés, cabarets, hôtelleries, auberges, jeux de paume et autres lieux publics, sans exception. Il fallut (lit-on dans le *Journal de Barbier*, de mars 1720) employer la force pour expulser les agioteurs de la rue Quin-

---

(1) Le choix de cette rue n'était pas l'effet du hasard : elle avait été de longue date occupée par des banquiers. Pendant la guerre de succession, on y avait fait l'agio des billets de monnaie et de tous les papiers royaux; l'habitude y était prise, et le trafic des actions s'y établit tout naturellement en 1719. En outre, elle était très proche voisine de la rue des Lombards, ainsi nommée d'usuriers Lombards qui s'y étaient établis avant le règne de Saint-Louis.

campoix; le guet dut en garder les deux extrémités pendant huit jours, du matin au soir, et l'on donna ordre à tous les gens sans aveu et fainéants de sortir de Paris.

On sait également par le journal de Barbier que l'agio se fit pendant quelques jours dans la cour de la Banque de la Compagnie des Indes, ancien palais Mazarin (1), et que, *comme cela embarrassait,* il fut renvoyé, le 1er juin 1720, place de Louis-le-Grand (aujourd'hui place Vendôme).

Mais l'hôtel du chancelier était situé sur cette place, et ce chancelier était d'Aguesseau, tout nouvellement réinvesti de ces fonctions, après une disgrâce motivée en grande partie par son opposition au *système* (2); aussi, supporta-t-il impatiemment le vacarme assourdissant que les agioteurs faisaient devant son hôtel. Il alla s'en plaindre vivement au Régent : *Où voulez-vous que j'envoie ces gens-là ?* lui répondit celui-ci. Le prince de Carignan assistait à cette scène; il était propriétaire de l'hôtel de Soissons qu'il avait été au moment de vendre à Law au prix de 14 millions. Joueur, débauché et ayant de grands besoins d'argent, il vit là un moyen de se

---

(1) A la mort de Mazarin, son palais avait été divisé en deux lots : le premier, donnant sur la rue Vivienne, continua à porter le nom d'hôtel Mazarin ; le second, sur la rue Richelieu, était devenu l'hôtel de Nevers.

(2) C'est cependant Law lui-même qui le ramena de sa retraite de Fresnes.

créer des ressources, et s'avançant vers le Régent : *Monseigneur*, dit-il, *si mon hôtel pouvait convenir ? — Certainement*, reprit le duc d'Orléans, *cela me tire d'embarras ; je vais donner des ordres pour cette nouvelle installation.*

On se mit aussitôt à l'ouvrage, et l'on construisit autour des jardins 138 loges en bois, *toutes égales, propres et peintes* (dit le Journal de Barbier), ayant chacune une porte et une croisée, avec un numéro au-dessus de la porte. Le prix de location de chaque boutique fut d'abord de 5oo fr. par mois, mais il s'éleva bientôt et atteignit même jusqu'à 25oo fr.; encore n'y en avait-il pas pour tous ceux qui en demandaient.

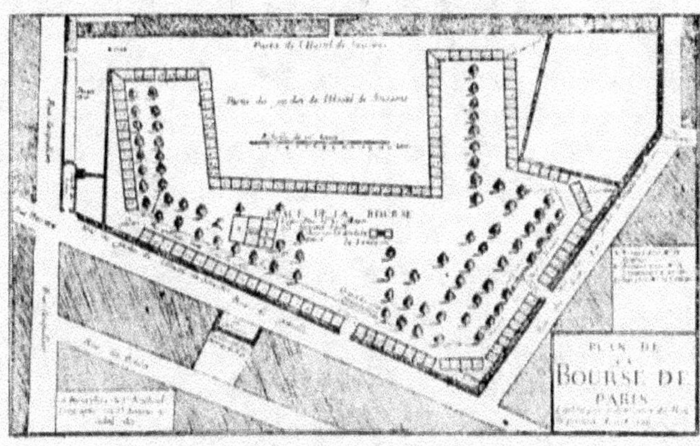

PLAN DE LA BOURSE DE PARIS

L'ouverture des assemblées se fit avec solennité et apparat le 1er août 1720. La veille, on avait publié et affiché dans les carrefours et dans les rues de la ville le règlement que S. M. avait édicté pour la nouvelle place. On entrait dans les jardins par deux portes : l'une dans la rue de Grenelle, l'autre dans la rue des Deux-Écus; elles étaient gardées par deux suisses portant la livrée du roi. Il était défendu à tous artisans, ouvriers, colporteurs, gens de livrée, ou sans aveu, d'entrer en ladite place, sous peine de prison pour la première fois, et de peine plus sévère, en cas de récidive. (V. règlement de police du 22 juillet 1720 et ordonnance royale du 16 août 1720). Les séances se tenaient de 7 heures du matin à 7 heures du soir pendant l'été, et de 8 heures du matin à 5 heures du soir pendant l'hiver; encore ce temps paraissait-il trop court à certaines personnes, car l'on dut menacer de la prison tous négociants, teneurs de bureaux et autres, qui resteraient sur ladite place après l'heure marquée. L'agiotage sur les actions de la Compagnie des Indes n'y fut pas moins actif qu'il ne l'avait été rue Quincampoix et place Louis-le-Grand. En outre, et malgré les défenses royales, on négociait des tabatières, montres, cannes, nippes et marchandises de toute espèce. Les assemblées devinrent si tumultueuses qu'au bout de peu de mois on fut obligé de les interdire, tant à l'hôtel de Soissons qu'aux alentours, toujours à peine de prison. (Arr. Cons. du 25 octobre 1720 et sentence de police du 8 novembre 1720) (1).

____

(1) Le jeu absorba rapidement les bénéfices que la lo-

Les actions de la Compagnie des Indes étaient en plein discrédit; après avoir atteint, en 1719, le cours de 20,000 livres, elles étaient tombées à 5 livres le 31 décembre 1720. L'agiotage opérait dans la rue ou dans des bouges par l'intermédiaire de gens sans aveu. Le roi avait cru parer au mal en rétablissant les offices d'agent de change, mais le désordre était tel, que personne n'osait solliciter ces fonctions. S. M., s'étant fait rendre compte de la manière dont s'effectuaient les négociations de lettres de change et autres papiers commerçables, jugea qu'il serait, *non seulement avantageux au commerce, mais encore nécessaire pour maintenir la bonne foi et la sûreté convenables* (1) d'établir une place où les négociants pourraient s'assembler à certaines heures pour y conclure leurs opérations par le ministère de personnes commises à cet effet. L'hôtel de la Compagnie des Indes parut répondre à ce désir; c'était, ainsi que nous l'avons déjà dit, l'ancien Palais Mazarin; il a été plus tard compris dans les bâtiments de la Bibliothèque aujourd'hui nationale; 15 arcades en bordure sur la rue Vivienne

---

cation des boutiques avait procurés au prince de Carignan; on le retrouve quelque temps après fermier de l'Opéra. Cette spéculation ne lui réussit d'ailleurs pas mieux que les précédentes, et l'hôtel de Soissons fut démoli, vers 1750, sur les poursuites de ses créanciers. Sur l'emplacement s'éleva, en 1763, la Halle au Blé, remplacée, en 1889, par la Bourse de Commerce.

(1) Ord. du 24 sept. 1724.

ENTRÉE DE LA BOURSE PAR LA RUE VIVIENNE

donnaient accès dans un jardin ou préau, grand
carré long, dit Savary des Bruslons, qui, pour
son étendue, sa magnificence et ses commodités,
ne le cédait à aucune autre Bourse. On y
construisit des bureaux permettant aux intermédiaires et aux négociants de traiter leurs affaires
à couvert et de tenir écriture de leurs négociations. Outre ledit préau, la Bourse occupait la
partie septentrionale d'une galerie adossée à la
bibliothèque du roi, et qui est aujourd'hui la
galerie des estampes.

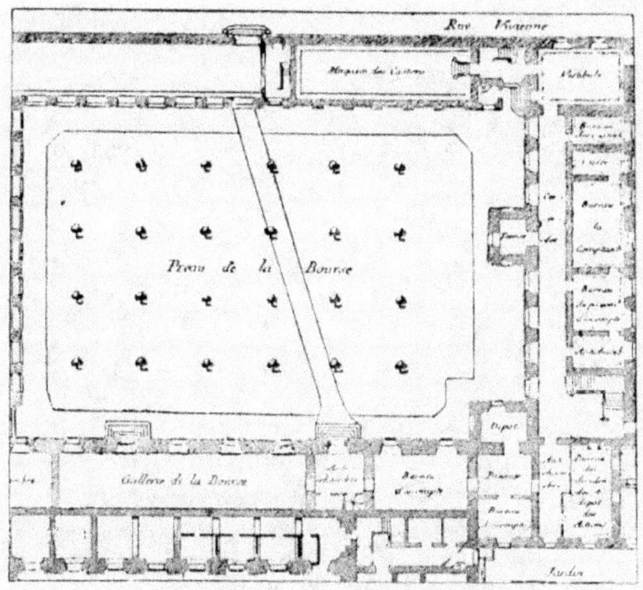

PLAN DU PRÉAU ET DE LA GALERIE DE LA BOURSE DE PARIS,
AVEC ENTRÉE SUR LA RUE VIVIENNE

C'est le célèbre arrêt du Conseil du 24 septembre 1724 qui lui a affecté cet emplacement ; il renferme également l'organisation définitive du marché et les règles de la profession d'agent de change ; un certain nombre des dispositions qu'il contient sont encore en vigueur aujourd'hui.

La Bourse continua à se tenir rue Vivienne pendant la plus grande partie du XVIIIᵉ siècle : elle fut fermée par décret du 17 juin 1793, et son emplacement fut occupé jusqu'en 1833 par le Trésor public. Il y a lieu de remarquer que cette fermeture n'était que provisoire; le décret prend soin de le dire par deux fois, tellement l'utilité des Bourses était incontestée : aussi trouvons-nous, peu de temps après (du 20 mai au 14 décembre 1794), le marché installé au rez-de-chaussée du Louvre dans les anciens appartements d'Anne d'Autriche, de la Rotonde de Mars à la salle des Antonins. On n'y entrait que par la porte du Musée, et la foule était telle, que lorsque la cloche donnait le signal de la sortie, il y fallait un temps énorme. Jusqu'à la nuit, les agioteurs restaient sur la place du Musée, appelée le *Carreau de la Bourse :* le peuple menaça vingt fois de les en chasser. Enfin, le 14 décembre 1794, un ordre du Ministre de l'Intérieur les fit déménager, et ils retournèrent au perron du Palais-Royal où ils opéraient habituellement, surtout pendant les fermetures de la Bourse. (*Hauffbauer, Paris à travers les Ages).*

Toutes les Bourses furent rouvertes par la loi du 25 avril 1795; mais les spéculations sur l'or et sur l'argent amenèrent à Paris de si grands scandales, en dépit des mesures sévères décrétées contre les agioteurs (1), que le Ministre de l'In-

---

(1) Il se peut que ce soit la rigueur même de ces mesures qui en ait empêché l'application; il ne s'agissait, en effet, de rien moins que d'une condamnation à 2 ans de détention et à l'exposition en public avec un écriteau sur la poitrine portant ce mot : *agioteur.* En outre, tous les biens du condamné étaient, par le même jugement, confisqués au profit de la République.

térieur dut prendre, le 9 septembre 1795, un arrêté ordonnant la fermeture de la Bourse.

Elle fut rouverte le 12 janvier 1796 (1), dans l'Église et les accessoires dépendant de la Maison nationale dite *des Petits-Pères* (2). Les locaux en furent distribués de manière que l'église put être commodément employée aux négociations en numéraire et papiers de commerce. Le marché s'y tenait de 1 h. à 3 ; mais sa durée ne tarda pas à être réduite, et fixée de 1 h. à 2 par le Directoire désireux d'en *retrancher tout le temps employé uniquement aux combinaisons infâmes de l'agiotage et aux manœuvres perfides de la malveillance* (3).

Étaient seuls admis à la Bourse les agents de change et courtiers de marchandises légalement nommés, et les banquiers et négociants qui, indépendamment de leur patente et de la quittance de leur cote dans l'emprunt forcé, justifiaient qu'ils avaient maison de banque ou de commerce en France et domicile fixe.

Une ordonnance du préfet de police du 2 octobre

---

(1) V. arrêtés des 8 et 10 janvier 1796.

(2) Aujourd'hui l'Église N.-D.-des-Victoires. Elle avait été fondée par le roi Louis XIII, en reconnaissance et actions de grâces de toutes les signalées victoires que Dieu lui avait fait remporter sur les rebelles, et spécialement de celle qui lui avait soumis la ville de La Rochelle. Le roi en avait posé la première pierre le 9 décembre 1629 ; elle avait été rebâtie en 1656.

(3) Arrêté du 24 février 1796.

1809 transporta la Bourse de l'Église des Petits-Pères, rendue au culte catholique (9 novembre 1809), à la galerie dite *de Virginie*, au Palais du ci-devant Tribunat (Palais-Royal). On pense généralement qu'il s'agit là de l'une des galeries de bois sur l'emplacement desquelles a été élevée la galerie d'Orléans ; mais cette opinion est inconciliable avec les renseignements fournis par divers auteurs du commencement de ce siècle, qui placent le passage Virginie entre la rue Saint-Honoré et la galerie du Palais du Tribunat (1), dans le voisinage de la cour des Maures, ou des Morts et de la galerie voûtée (2).

D'après Fontaine (3), le Tribunal de Commerce et la Bourse occupaient le vestibule à colonnes de l'aile du milieu, au rez-de-chaussée, sous la grande salle du Tribunat, construite provisoirement à gauche de la 2ᵉ cour du Palais-Royal.

Napoléon songea un instant à faire édifier la Bourse à la place de cette grande salle, mais il ne persista pas dans ce projet (4).

---

(1) *Piequet, Rues de Paris* (1805).

(2) *Normant, Annuaire du Palais du Tribunat.*

On lit dans la *Topographie de Paris, de N. Maire* (1813) : *passage de Virginie, actuellement condamné.* C'est sans doute parce que la bourse s'y tenait. Il y a lieu de penser que ce passage devait son nom à l'immense succès que venait d'obtenir le célèbre roman de Bernardin de St-Pierre (1787).

(3) *Le Palais-Royal* (1829).

(4) C'est là que la banque et le commerce en demandaient l'installation. La Bourse aurait occupé tout le premier de

En 1817, commencèrent au Palais-Royal des travaux de restauration et d'achèvement qui obligèrent à un nouveau déplacement de la Bourse ; elle fut installée, toujours à titre provisoire, dans l'ancien enclos des Filles Saint-Thomas, en un bâtiment qui avait servi de magasin pour les décors de l'Opéra, et qui avait sa principale entrée sur la rue Feydeau, (ord. du 18 mars 1818).

Depuis longtemps, les agents de change, les banquiers et les commerçants réclamaient la construction d'un monument en rapport avec le développement qu'avait pris le marché de Paris. Napoléon, désireux de leur donner satisfaction, avait demandé à plusieurs architectes de lui soumettre des projets ; aucun ne répondait à ses idées, lorsque celui de Brongniart passa sous ses yeux ; il fit aussitôt appeler cet architecte, et lui adressa ces mots : *M. Brongniart, voilà de belles lignes ! à l'exécution ! mettez les ouvriers !* Toutefois, voulant réunir dans la même enceinte la

---

l'aile sur le jardin, avec deux grands escaliers à ses extrémités. Le rez-de-chaussée aurait été distribué en portique à jour et en boutiques de marchands : les bureaux, le Tribunal de commerce et ses dépendances auraient rempli le reste du Palais. Dans le mois d'août 1807, Napoléon vint au Palais-Royal, à 5 heures du matin, avec M. de Beaumont, son architecte, pour reconnaître les lieux. Il avait désiré être seul ; mais le Président du Tribunat, Fabre de l'Aude, ayant été prévenu inconsidérément par l'architecte, se présenta, et Napoléon mécontent gagna l'escalier et se retira. Dès lors, le projet d'installation de la Bourse au Palais-Royal fut abandonné.

Bourse et le Tribunal de commerce, il compléta
le plan de sa main, au moyen de larges lignes
noires jetées impétueusement sur le papier, et dont
Brongniart s'inspira pour arrêter aussitôt, en la
présence du maître, le projet définitif.

Commencé en 1808 sur un terrain de l'ancien
couvent des Filles Saint-Thomas, le monument fut
inauguré le 6 novembre 1826 (1); mais il ne devait
être achevé que dans le courant de l'année 1827.
Les travaux avaient duré 19 ans, interrompus, à
diverses reprises, par la guerre, l'invasion, et la
mort de l'architecte.

Brongniart, en effet, n'eut pas la satisfaction de
voir son œuvre terminée; il mourut, le 8 juin 1813,
à l'âge de 84 ans. Pour rendre hommage à sa
mémoire, on fit passer son convoi devant le futur
palais de la Bourse, où il fit une station. Tous les
ouvriers sortirent, se mirent en rang, et saluèrent
respectueusement les restes mortels du chef qu'ils
venaient de perdre. L'édifice s'élevait, à ce moment,
à 2 ou 3 mètres au dessus du soubassement. Il fut
achevé sous la direction de Labarre, qui fit subir
au plan de son prédécesseur quelques modifica-
tions peu heureuses.

Ce monument, en forme de temple grec, ne
trouva d'abord que des admirateurs; il a été depuis l'objet de nombreuses critiques dont on ne
saurait méconnaître la justesse, surtout au point

---

(1) V. Ordonnance de police du 2 novembre 1826.

de vue de son appropriation aux divers services qui devaient y être établis.

L'érection de la Bourse a occasionné une dépense totale de plus de 8 millions, terrain non compris. Cette somme a été fournie comme suit :

Par l'État	3,789,336 fr.
— la Ville de Paris . . .	2,558,434
— le Commerce Parisien	1,935,422
— les Agents de change .	168,000
— les Courtiers	28,000
Total	8,479,192 fr.

La Ville de Paris ne s'était engagée que jusqu'à concurrence de 700,000 francs ; en raison des sacrifices supplémentaires qu'elle avait faits, l'État, désireux peut-être de s'affranchir de tout embarras pour l'avenir, lui abandonna tous ses droits sur le terrain et les constructions. Cet abandon fut régularisé par une loi du 17 juin 1829, aux termes de laquelle la Ville s'obligeait à faire terminer, à ses frais, le palais de la Bourse et ses abords, et demeurait seule chargée de leur entretien.

Le Tribunal de commerce et la Bourse des marchandises ont abandonné successivement les locaux qu'ils occupaient dans le palais, et aujourd'hui il est affecté exclusivement à la négociation des rentes et autres valeurs mobilières.

A côté du marché officiel, l'on a vu, à toute époque, des réunions où des intermédiaires, sans

qualité, se livraient et se livrent encore, au
mépris de la loi et sans souci des peines qu'elle
édicte, aux opérations dont le monopole est réservé
aux agents de change. Ces assemblées se sont tenues
successivement, depuis un siècle, au perron et
dans les galeries de bois du Palais-Royal, au boulevard des Panoramas, au café Tortoni, au passage de l'Opéra, au casino Paganini, au boulevard
des Capucines, au square de la Bourse, au Crédit
Lyonnais et au Palais-Royal. Chassé d'un endroit,
le groupe des spéculateurs se reformait ailleurs, et
ses pérégrinations pourraient fournir la matière
d'une étude fort curieuse, mais qui sort trop visi-
blement du cadre que nous nous sommes tracé
pour trouver sa place ici.

Paris. — Imprimerie E. Rosseaux, 42, rue de Bourgogne.

RED. :

20

graphicom

3798970

MIRE ISO Nº 1
NF Z 43-007
AFNOR
Cedex 7 - 92080 PARIS-LA-DÉFENSE

0 1 2 3 4 5 6 7 8 9 10

BIBLIOTHEQUE

NATIONALE

DE FRANCE

***

CHATEAU

DE

SABLE

1994

www.ingramcontent.com/pod-product-compliance
Lightning Source LLC
LaVergne TN
LVHW021801060726
842528LV00003B/1082